es 1642

edition suhrkamp

Neue Folge Band 642

»Und vielleicht sollte das aufhören: Wörter wie Mann und Frau einander vorzuwerfen. Sprache Ohneland. Deutsches Roulette endet mit Rien ne va plus. Sprich weiter. Woran sich halten.«

Die Gedichte und Prosapoeme in diesem ersten Buch der jungen Chemnitzer Autorin Barbara Köhler setzen sich diesen Beunruhigungen aus, wollen erkunden und trotzig weitersprechen.

»Papier voller Irrfahrten und Abenteuer, wenn das Land uns verlassen hat und die Hoffnung uns fahren läßt; ... Sachsen am Meer – ahoi!«

Die Geschlechter, die Sprache – und die Geschichte sind in Barbara Köhlers Gedichten *Deutsches Roulette* bedrängend allgegenwärtig: Geschichtslandschaften um Dresden und vor allem die Elbe, der stinkende ehemalige Grenzfluß.

»Der Himmel / der Strom sind kein Ausweg / mehr verseuchte Metaphern / ...«

Ob in ihren lyrischen Ortsbeschreibungen, den Elbgedichten oder den kraftvollen Langgedichten, die Mehrzahl dieser Gedichte von Barbara Köhler kreist um die Liebe, im Tonfall leichter, leiser Schwermut.

# Barbara Köhler
# Deutsches Roulette

Gedichte

1984–1989

Suhrkamp

5. Auflage 2021
Erste Auflage 1991
edition suhrkamp 1642
Neue Folge Band 642

Printed in Germany
Satz: Satz-Offizin Hümmer GmbH, Waldbüttelbrunn
Druck: C. H. Beck, Nördlingen
Umschlag gestaltet nach einem Konzept
von Willy Fleckhaus: Rolf Staudt
ISBN 978-3-518-11642-5

Ich möchte gern mich auf einen Augenblick mit mir selbst unterreden, um zu erfahren, ob ich selbst liebe, oder nur mein Name Ophelia – und ob die Liebe selbst etwas ist, oder nur ein Name.

*Bonaventura, »Nachtwachen«*

And I know someday / They'll have to name a street after me...

*Tom Waits*

Die Sprache ist die Strafe. In sie müssen alle Dinge eingehen und in ihr müssen sie wieder vergehen nach ihrer Schuld und dem Ausmaß ihrer Schuld.

*Ingeborg Bachmann, »Malina«*

»Die Revolution vom Herbst geht weiter:
Gleiche Kaffeepreise für alle!«

*Werbung Mai 1990*

# I

## *Gedicht*

ich nenne mich du weil der Abstand
so vergeht zwischen uns wie Haut
an Haut wir sind nicht
zu unterscheiden zu trennen eins
und das Andere die Grenze ist
die Verletzung der Übergang
eine offene Wunde du nennst mich
ich wer von uns beiden sagt
hier hast du ein Messer
mach meinen Schnitt.

## *Anrede zwo: Diotima an Bellarmin*

Ein Ende ist besser als gar kein Anfang.
Russisches Roulette spielen mit einer Platzpatrone und Himbeersirup an der Schläfe. Oder den neuen Text zum alten Lied: Diotima oder Die wahre Liebe verreckt. Sprich nicht weiter. Euch dieses Gejammer in den Hals zurück zu stopfen wäre eine Auferstehung wert.
Manchmal treffe ich einen stumm und heiß und ich erfahre wieder nur mich. Sprache, fremd: Du sagen und gehört werden. Liebes. Neutral bleiben. Und vielleicht meine ich auch eine Frau, Augen voller Dunkel. Und vielleicht sollte das aufhören: Wörter wie Mann und Frau einander vorzuwerfen.
Sprache Ohneland. Deutsches Roulette endet mit Rien ne va plus.
Sprich weiter. Woran sich halten.
Aneinander nunja; wenig genug sind wir. Sogar dieser Plural eine Hypothese. Immerhin: in meiner Handschrift erkenne ich die Züge von anderen. Selbst Briefe tippe ich mit der Maschine: lesbar.
Lebbar, das auch.
Sprich weiter

April 1985

Das Ende ist
dem Anfang am nächsten.
Trauerflor von den Spiegeln nehmen
das eigene Gesicht kommen sehn
auf der MetroRolltreppe am Kálvin tér
eine Verzerrung ein Spasmus LustSchmerz
dann ist es vorbei der Ort
heißt Pest vor den Spiegeln
in der LukácsKonditorei
sitzt ich und schreibt
in der LukácsKonditorei
heißt Pest vor den Spiegeln
dann ist es vorbei der Ort
eine Verzerrung ein Spasmus LustSchmerz
auf der MetroRolltreppe am Kálvin tér
das eigene Gesicht kommen sehn
Trauerflor von den Spiegeln nehmen
dem Anfang am nächsten.
Das Ende ist

## *Happy End*

> . . . come
> un superstite
> lupo di mare
>
> *Ungaretti*
>
> (*a hajósoknak*)

was ist ankommen und wo
wie macht man das sagt man ja
und amen ebbe statt flut
haus statt schiff wie kann man
sich und das meer so vergessen
die liebe um keinen preis um alles
in der welt die länder hinterm
briefkasten die bilder im netz
haut die galeere das strandgut
die schiffbrüche aufbrüche häfen

## *American Way Of Midlife*

Die Spiegelfrau verrät dich
an den Tod hinter deinem Rücken
geht sie fort aus dem dreißigsten
Jahr in dem du dich findest
umstellt von Dingen Erinnerungen
Gewißheiten Verdacht deine Sachen
sind klebrig von Geschichten
die es zu schreiben nicht lohnt
doch mit jedem Abwasch polierst du
sie auf Sehnsucht nach Gegenwart
einem Ausland der anderen Liebe
hoffnungsloserem Leben
– am besten du gehst jetzt
Zigaretten holn und kommst
in diesen Film nicht zurück

Ach Täufer, einmal wirst auch du den Kopf verlieren;
Manchmal schon halt ich ihn in meinen Händen
Wie abgetrennt vom Leib, der bei mir ist für eine Zeit.

Der bei mir ist schon eine Zeit: wo ist dein Kopf,
Den ich in meinen Händen halte – manchmal
Sind sie wie abgetrennt vom Leib, der sich an dich verliert.

Den Leib, der sich an dich verliert, ich will ihn halten
In meinen Händen, und nicht abgetrennt von mir –

Einmal, ach Täufer, werde ich den Kopf verlieren

## *Selbstportrait*

ICH STELLE MICH VOR vollendete tatsachen (die mauer im rücken halbdunkel im kopf die hand zwischen den schenkeln nach welt schreien): undurchsichtig was ich gelegentlich durchschaue als tarnung einer gewissen abneigung TRANSPARENT zu sein um nicht zu verschwinden tauche ich unter agent provocateur in der dritten person ICH IST DAS SPIEGELBILD MEINES SPIEGELBILDS: ER SIE ES die unvollendete gegenwart als zeitform jeglicher revolte gegen das gesagtsein nach den gesetzen deutscher grammatik gefoltert vom schweigen rede ich um mein leben bringe mich wort für wort um kopf und kragen müßten mal wieder gewaschen werden – DAS SIEHT MIR ÄHNLICH

## *Aufnahme*

*für Florian*

Weil es wiedermal nicht zu fassen ist
verschwindet die Linke in der Tasche
die Rechte hält sich an den Stift
oder eine Zigarette; mir ist das meiste
aus den Händen genommen ich lächele
uneinsichtig vor dem Verschwinden
in einem Apparat der Bilder lügt
verwüstete Augenblicke Papier das tut
als ob es ein Mensch ist letzte Chance
einer Bewegung: ich wechsele
Standbein und Spielbein ich stehe
in Frage

## *Brechung*

die spiegel zeigten leere zimmer
idyllen aus licht und staub
an winternachmittagen niemand
mischt sich ins gespräch der dinge
rührt sie sanft an bewegt sich
im spiegel schiffbrüchiger wort-
los odysseus schatten niemand
ist hier kommgeh sagte ich stand
neben den spiegeln nicht
zu sehen lächelte niemand zu

## *Ortung*

hier geh ich meinen gang und bin das ziel
los denn
die baumleeren straßen verweisen
auf einen himmel verworfener hoffnung

hier treffen mich die augenblicke kühl
an jemandes zufällige hand hält mich
nichts mehr wird mir sprache erste worte
von letzten dingen:

der himmel unten
oben der asphalt und ich
geh ja bloß drauf

# II

## *Elektra. Spiegelungen*

I

aus irgendeinem vergessenen anfang aus der brandmauer
an der die bühne endet aus dem hintergrund des spiegels
tritt eine gestalt kaum sichtbar durch schichten von bil-
dern ablagerungen von geschichte und erinnern Aber
dieser wundenrote mund schamlose lippen die sprechen
ICH WILL SCHULD SEIN

die gestalt nähert sich wird körper verdoppelt verviel-
facht eins in allen bildern neigt sie sich zu und fordert
steht für sich vor all dem schwarz könnte etwas beginnen
tanz kuß leben ROT IST DIE FARBE im gelöschten licht

noch (und warum) ertrage ich das spiel von held und
happy end das drama in dem alle rollen opfer sind

aber es gibt den tod und
es gibt eine zeit davor

## II
## Vorspiel auf dem Theater

*Hommage à Heiner Müller*

elektra königstochter und sklavin in mykene erwachsen in der tradition von blutschuld mord und krieg im geschlecht der schlächter seit tantalos heißt jede tat vergeltung fordern die blindgeborenen AUGE UM AUGE elektras heimat der haß ihre hoffnung orest mein bruder mein prinz meine rache wird kommen mein geliebter dem töten ein ende machen wir werden leben in licht und klarheit ich will mich sehen in deinen augen was schaust du mich so an bin ich nicht elektra die schönste unter den weibern einst war ich jung als ich dich fortgab in die sicherheit vor der angst der königin – sie sind wohl hübsch die mädchen von phokis die wohlerzognen sanften fest im fleisch was willst du hier bei deiner schwester der barbarin bei deiner mutter der mörderin bei den knochen deines vaters der seine tochter und vor troja tausend männer schlachtete bevor er seiner frau unters beil geriet was willst du wenn du mich nicht kennen willst

orest zurückgekehrt nach jahren des exils in eine fremde stadt die heimat heißen soll empfangen von der gnadenlosen liebe einer schwester die fremdeste von allen ihn erkennt orest flieht vor ihr in die blutspur seiner väter in die heldengalerie der familie ins schlafzimmer der mutter der königin der angst die ihrem sohn und mörder die nackten brüste bietet LIEB MICH MEIN KIND jaja ich komme dich zu töten HAST DU EIN HERZ MAMA ich will es sehen ein klumpen muskelfleisch der zuckt und warm ist kalt wird es werden mama wie das messer in deiner brust in meinem kopf hörst du mich noch ein neues stück beginnt und keine rolle vorgesehen für elektra und keine sprache außer der orests der mit den neuen göttern sich liieren wird und herrschen

am schminktisch sitzt elektra legt die maske ab

## III

ich sitze im spiegel mein bild lächelt
schminkt sich probiert eine geste aus
sein mund spricht liebes er meint dich
in deinen augen das bild

ich sitze im spiegel davor eine andre
legt die hand an das bild es ist glatt
ihr mund bleibt stumm sie meint mich
in ihren augen das bild

ich sitze im spiegel bin ich ein reflex
es ist nichts hinterm bild es ist
ein spiegel und schlag ich dann treff ich
dein gesicht und mein gesicht

zerfällt hast du die scherben
deines blicks gesehen

IV

*für Ulrike Meinhof*

allein mit dieser stimme ulrike im jenseits von tagundnacht die folter WEISS WIE SCHNEE flüssiges neon in den adern schwarze schmetterlinge vor augen deutschland blonde mauer an der meine schlinge schon geknüpft ist ACH LIEBER WAHN draußen ist mai versprechen die blauen lügen des himmels schatten SO SCHWARZ WIE EBENHOLZ die ans märchen von GUTundBÖSE sich halten um nicht zu fallen wie ich um nicht zu fliegen in diesen abgrund von stimme in diesem mörderischen licht ULRIKE! wer weiß schon was sie gesehen hat zuletzt die wahrheit vielleicht SO ROT WIE BLUT hat sie die spiegel verlassen

## V

eine andere am morgen ihres jüngsten tages
erfindet sie undenkbare sätze:
ICH HABE AUFGEHÖRT
GELIEBT ZU WERDEN
als ich ihm heute nacht sagte
ich kann mich nicht bewegen ich bin
tot tot tot hörte das sterben auf worte
fielen ein wie mister hitchcocks vögel,
lag ich da und zählte die zärtlichkeiten
dieses verzweifelt geheimnislosen wesens
wie fünfmarkscheine was kostet schon
ein beischlaf – machs kurz oder soll ich dir
verraten was hinter meiner stirn zwitschert
daß dir dieser amok um extase
vergeht wie mir das mitspielen
von soviel leergewünschter kindheit
MAMAPAPAUNDSOWEITER der fehler
in der rechnung mit den erbfaktoren
elektra bin ich das ende
der gebete die verdammnis
und die erlösung ich
gehe ab von der bühne
in ein mögliches
Nichts außerhalb der liebe
trägt die hoffnung meinen namen

## VI

DIE ALTGEWORDENE OPHELIA mit dem pokergesicht buchstabiert ins kreuzworträtsel die initialen der sphinx zwischen sieben senkrecht und zwoundzwanzig waagerecht der schrei des gottverlassenen vergib ihnen denn sie wissen nicht – ophelia weiß und malt kichernd den letzten griechischen buchstaben in die fünf felder zwischen hand und hand und wenn du sie fragst auch den teufel (sie erinnert sich noch wer das ist) an die wand wo er hingehört. dieses von den jahrhunderten vergessene orakel trinkt malzkaffee und wermut vom rest der rente weigert sich zu sterben nimmt immer wieder ein leeres blatt einen bleistift und macht kreuzchen einen ganzen heldenfriedhof für

hamlet & konsorten

## VII

nicht länger will ich sein / die abbildung seines nichtseins (sein was nicht er ist, nichtweiß = schwarz) ein ende will ich finden und von dort beginnen / denn endlich sind wir daß wir endlich werden

trost bleibt aus wie der Eine, wie gott / drei wünsche vergehen dir offenen augs / sieh mich an beim sterben hör meinen atem / der den tod anzählt im schatten deines gesichts

VIII

traum hinter dem irrgarten beginnt eine landschaft eine ebene leer wie der himmel darüber. keine behausung kein versteck nur die möglichkeit

zu gehen. unter den füßen kein sand; lockere erde die fruchtbar aussieht aber keine gewächse hervorbringt. windstille, vom boden steigt kühle auf. ich drehe mich um ohne das gefühl verfolgt zu werden an das mich diese landschaft erinnert. kein anderes bild, ein leerer horizont. ich schaue zum himmel, ein klares blau ohne tiefe, von dem weder drohung noch verheißung ausgeht. es gibt keine angst. es gibt keine hoffnung außer zu gehen fuß vor fuß es gibt keinen grund

stehenzubleiben. irgendwann nehme ich eine gestalt wahr. es ist nicht auszumachen ob frau oder mann, sich nähernd oder entfernend. die gestalt eines menschen breitet die arme eine nicht festlegbare gebärde zwischen kreuzigung und flug ich weiß dies ist der ort

zu gewinnen ohne siegen zu müssen

# III

## *Kurzer Brief über die Abwesenheit*

der raum der abwesenheit ist ein umgestülptes zimmer dessen bewohnbare wände draußen sind. innen sind die mauern verkleidet mit erinnerungstapeten berichten lächelnde fotos wie es wirklich hätte gewesen sein können. ein leichtes vibrieren der luft rührt von den unhörbaren gesprächen der vergangenheit her ein vergessenes wort streicht über die haut. die bereits vergilbten seiten eines aufgeschlagenen buches enthalten sich der stimme. hier ist stille. hier dürfen Sie schweigen.
natürlich wäre es auch denkbar sich die kammer mit geräuschen zu möblieren musik vom plattenspieler vom recorder aus dem radio WISH YOU WERE HERE die gleichgültige stimme des nachrichtensprechers bei der verkündigung des wetterberichts das prickelnde timbre der helden die in hollywood-kulissen schöne sterile frauen verführen ... dazwischen kann man auf und ab gehen den bösen staub von den erinnerungen wischen ihnen zu neuem glanz verhelfen.
die miete zahlen Sie bitte pünktlich an jedem ersten auf das konto der erwartung ein.
angst ist das baumaterial der wände ein nebeltrübes glas das die bewegungen draußen zu schattenspielen geraten läßt. silhouetten entfernen und nähern sich werden bedrohlich groß oder verschwimmen ganz und gar. der eindruck gegenwart entsteht aus angenommenen reaktionen: nachbildungen zu vor-bildern. die dornröschen sitzen schlaflos im traum ihrer erlösung harrend (die ihnen zusteht wie sie wohl wissen).

denn die einzige tür des raumes läßt sich nur von außen öffnen. aber wenn sie sich auftut wenn das licht alles ergreifend in den raum stürzt!
für sekunden geblendet steht der bewohner dann dem schattenriß des besuchers gegenüber ins helle staunend und bereit in offene arme zu laufen.
doch wer die hand von der klinke sinken läßt wer starr steht und schaut oder gar fragt und mit keiner geste entgegenkommt dem wird die tür vor der nase zugeschlagen und verbarrikadiert. gilt es doch ein geheimnis zu hüten vor unbefugten blicken. für einen der alle erwartung rechtfertigt.
betritt aber jemand das zimmer ganz arglos hält sich nicht mit der erörterung seiner anwesenheit an der tür auf so fällt diese hinter ihm ins schloß hat der bewohner schon vertrauen gefaßt und vollführt einen freudentanz: sehen Sie jetzt sind Sie zu mir hereingekommen! jetzt werden Sie mir gesellschaft leisten geschichten erzählen das leben verschönen Sie werden mein verwunschensein beenden und die manchmal so leidige langeweile vertreiben. denn um ehrlich zu sein – sind Sie es nicht der daran schuld hat? jemand muß doch die schuld tragen. springt ihm auf den rücken sagt vielleicht noch ICHLIEBEDICH singt und tut als wäre er glücklich.
unerträglich nicht wahr. wer noch davonkommen will muß ohne rücksichten gehen: die wände hoch an die decke drunter und drüber mit dem kopf durch die wand.
oder auf allen vieren. vor die hunde. aber noch sind wir nicht so weit. noch behaupten wir daß früher oder später jeder so weit ist und nicht mehr mitmacht mit sich machen läßt.

wie aber sich retten. die erwartungen abschütteln durch die angst ins freie gelangen. ja doch: ins freie. du verließest auch deine vertrauten bilder die mit einem mal entwertet sind zu nichts mehr taugen außer makulatur. denn du hast gesehen wohin das führt und nun mußt du weiter sehen.

aber vielleicht beginnt hier deine zweite flucht die hinter vier wänden endet wo du von all dem nichts mehr wissen willst wo du den glauben erfindest an das glück das eines tages in der tür stehen und dir eine welt zeigen wird die schön ist und voller licht und dir zugetan.

vielleicht verfluchst du auch deine augen preßt die fäuste dagegen gräbst sie aus ihren höhlen damit sie wirklich sehen was sie angerichtet haben. irrst hinfort durch die gassen straßen prachtalleen in den metropolen der abwesenheit unbehaust zwischen den fassaden und fronten. öffnest türen trittst ein mit dem glauben der blinden der gut sein will und unweigerlich in die falle führt die zu deinem heim wird für den rest des lebens.

oder du beginnst die anderen zu verachten: die moribunden die imitationen. stößt ihre türen auf daß sie das licht ins gesicht schlägt gibst ihr geheimnis preis das ihre lüge ist. wenn sie dich beschimpfen lachst du lauter wenn sie steine aufheben gehst du bevor der erste dich trifft –

(in die deutsche grammatik in der alle personen erfunden sind zwar nicht frei aber erfunden nur das ich ist wirklich wovon keine rede ist.)

1983–89

## *Verkommenes Liebesgedicht*

das labyrinth ist eröffnet nur himmel darüber seit ich den faden verlor mit dem man das gebrochene herz flickt sich ans hemd näht mit stichen bis unter die haut die man aufhört zu fühlen wenn die nadelspitze die losung markiert: LOVE AND ORDER im kreuzstichmuster fürn küchentisch – der faden ist verloren das labyrinth eröffnet wohin soll das führen ins unvermeidliche das den namen glück tragen wird einer den andern am faden am strick den ich verlor einen himmel hat das labyrinth vielleicht keinen ausgang einer der mir begegnete sagte dies sei ein labyrinth ich verlor den faden gehe ziellos dieser begegnung nach die das labyrinth eröffnete über dem nur ein himmel ist und der soll reichen für zwei –

## *Endstelle*

*für Fritz*

Die Mauern stehn. Ich stehe an der Mauer
des Abrißhauses an der Haltestelle;
erinnre Lebens-Läufe, Todes-Fälle,
vergesse, wem ich trau in meiner Trauer.

Sprachlos und kalt: mein Herz schlägt gegen vieles
– nicht nur die Gitterstäbe in der Brust –
und überschlägt sich für ein bißchen Lust
und schlägt sich durch zum Ende dieses Spieles.

Im Winde klirren Wörter, Hoffnungsfetzen,
Nach-Ruf für die, die ausgestiegen sind
vor mir. Warum noch schrein. Es reißt der Wind

die Fahnen ab. Was soll mich noch verletzen;
Verlust liegt hinter mir, vor mir die Schlacht-
Felder im Halblicht, zwischen Tat und Nacht.

## *Vorm Tod*

am ende dieser endlichkeit bleibt nichts mehr zu verlieren.
enfant perdu – ich steh für mich. zu dir. zu euch. wer steht mir bei.
die liste ist zu schwarz mein freund; das lächeln bricht im mund entzwei.
ein scherben dir, ein scherben mir: so werden wir nicht frieren.

## *Ernte*

> was dir versprochen wurde
> sollst du auch halten.

aber du hast hände
voll schlaflosigkeit und erde arme
ausgebreitet ins ungewisse bestehst
vermessen auf haltlosem und dieser frage
die mit warum beginnt die du vergißt
vor der schweren reife des holunders
der farbe der auberginen der fülle
des lichtes dem fall des sommers
in den herbst deinem fall
auf die knie: die bitte
verschont von der gunst
dieser stunde
zu sein

## *Ingeborg Bachmann stirbt in Rom*

Ein Tod kommt
vor dem andern.
Atem und Rauch.
Und Rauch der Atem löscht.
Und Schweigen.

Manchmal ist aber eine Zigarette
der letzte Halt. Und hält
was sie verspricht auch schneller.
Zwischen vergilbten Fingern
brennts wie Liebe wird Asche
wie Verrat. Atem und Rauch.

Die Schwurfinger gekrümmt
um die Zigarette: um
nicht abzuschwören.
Giordano brennt auf dem Campo de Fiori.
Die Glocken von Santa Maria Maggiore
gellen noch immer zum Autodafé.

Atem und Rauch.
Und Rauch der Atem löscht.
Und mit verbrannter Hand
über das Feuer schreiben.
Und die Grenzen der deutschen Sprache
sind mit mörderischen Zufällen vermint.
Ein Tod kommt dem andern zuvor.

## *Matinee 15. 12. 85*

wieder so ein tag ohne himmel nur so halb
zwölf entsteht im wolkenvorhang eine dünne stelle
die ein bißchen leuchtet in meiner vorstellung

bin ich der einzige zuschauer F.s stimme
auf einem leeren bahnsteig grölt Novalis
ist deutsch und tot und HOFFNUNG klirrt

aus dem lautsprecher DER LETZTE ZUG
dieser partie auf Fabels schachbrett
ist am mittwoch gefahren. ich sitze

in der vormittagsvorstellung ohne himmel
was hilfts wenn man sich sagt: alles
kino

## *Letztes Erinnern*

du sagst abschied und jemand
nennt eine himmelsrichtung
fhm

Hinter einem toten Briefkasten
wohnt Bellarmin die Adresse
habe ich vergessen oder nie gewußt
Einmal steckte mir jemand
eine Telefonnummer zu einmal
versuchte ich anzurufen dann
habe ich den Zettel verloren

Ich vermißte ein Buch nur welches
habe ich vergessen Er war der erste
der ging von denen die mich
angehen ich habe es nicht gewußt
ich hätte es fast vergessen aber
die Steine wachsen Ich hoffe es
geht dir gut –

Ich bin wo ich war im Wechsel
der Jahreszeiten schreibe ich
Briefe MEIN BELLARMIN / So
kam ich unter die Deutschen

## *Walzer Solo*

Ein Traum von Halten und Gehaltenwerden.

Nicht weiterdrehn als wäre nichts geschehn
Über die Gründe zwischen dir und mir.

Über die Gründe zwischen dir und mir
Zertanzt in leichter Schwermut ferner Nähe
Ein Traum von Halten und Gehaltenwerden.

Ein Traum von Halten und Gehaltenwerden
Über die Gründe zwischen dir und mir
Zertanzt in leichter Schwermut ferner Nähe
Nicht weiterdrehn als wäre nichts geschehn.

Die Kindheit ist ein pappkarton mit rosa schleife. draufgemalt menschen und straßen ein grüner wald ein fluß ein himmel. durch städte und jahre damit, zuweilen voller sehnsucht die bunten bildchen betrachtend. eines morgens die plötzliche versuchung den inhalt der reliquie zu prüfen.

betrogen! nur eine holzpuppe, eine in ihre fäden verstrickte marionette. aber ja – sie tanzt an der hand: über pappe, zerknittertes goldpapier und ein schmutzigrosa band, das nichts mehr zusammenhält. tanzt, bewegt sich – wirklicher als die hand die sie führt.

## *Sonntagskind*

tante charlottes kremtorten mit guter butter
marmeladengefüllt tante magdas erdbeertorten
mit einer dicken schicht buttercreme tante
elfriedes windbeutel mit süßer sahne so weiß
wie das plisseeröckchen nicht kleckern paß auf
mit dem muckefuck klatsch aus drei dörfern
und einer kleinstadt die spitzenrüschen
der schlüpfer kratzten die roten lackschuhe aber
liebte ich sie drückten vom ersten tag an
süßkirschenrot ruckediguh ich wurde gelobt
weil ich beim spazierengehen nicht rannte
am verwaisten holunderbusch vorbei der höhle
am kohlenplatz sonntags gibts keine kinder
im brennesselpark im wald erzählten die großen
von männern die kleine mädchen verschleppen
die zeit klebte in den tortenresten wie fliegen
dutzendweise an gelben streifen die schwarz
von den lampen hingen nichts schmeckte manchmal
aß ich zwei stück torte und kotzte und träumte
von verschleppung in eine gegend wo es keine
sonntage gibt das kind
macht einen knicks
bedankt sich und flüchtet
in die zu enge liebe süß-
kirschenrot und glänzend

## *Waldmeister*

der schattige grüne unvergleichliche duft
aus den flaschen mit schnappverschluß
lebenswecker liebesperlen pfeffis und drops
lakritzstangen gummischlangen zuckerstangen
bärchen fünferlutscher die verschollene süße
der kindheit war bunter als ihre verpackung
mit klappernder emaillekanne lose milch holen
in dem winzigen laden wo es alles gab das dunkel
der deckenhohen regale erhellt vom glockenspiel
an der tür dazu ein bonbon gratis aus dem glas
im dem der arm bis zur schulter versank angst
vor dem messer der alten lydia verwunschen
sah sie aus wie ihr laden die schatzkammer
des verlorenen schlosses die böse zuckerfee
verteilte giftige bonbons wie die mörder
vor denen die eltern warnten der schulweg
war lang und mit glasmurmeln bestreut

wir lernten die zaubersprüche gegen das
gift überlebten die alte starb eines tags
als es keine waldmeisterlimonade mehr gab

## *Weltbild mit Eroberern*

die welt war die schönste glasmurmel
rund und bunt sie drehte sich rollte
über die erde·leuchtete in der sonne
wie in gagarins augen

die welt war eine fahrt mit dem roller
bergab im maiwind unter mir drehte die
kugel sich mit fliegenden haaren stand
ich still lachend im wind

die welt war der buntgescheckte ball
den mir roberto wegnahm die wahrheit
wurde zur lüge die welt drehte sich
war nicht mehr mein

ich sah die welt vom mond von der erde
mich winzig auf der blauen glasmurmel
sitzen der mann im mond hieß armstrong
winkte in die kamera

ein kinderroller ist liegengeblieben
nur das hinterrad dreht sich und dreht
sich und dreht

ich schreibe als hätte es dich gegeben
als lägst du nicht neben mir
als wäre ich nicht nackt
als sei alles zu ende
als finge etwas an
als ging es ums leben
und nicht um den tod

## *Anfang*

aus der rumpelnden blaßgelben drei mit den holzbänken und messinggriffen mit den lederschlaufen zum festhalten gerade wollte sie sich quietschend in die nächste kurve werfen es war ein fünfzehnter november und an schnee nicht zu denken da sah ich ihn gehen die hände in den taschen ein bißchen vorgebeugt die schultern hochgezogen so hatte ich ihn schon oft gesehen so noch nie so verletzlich so wund so ausgesetzt so einer braucht gar nichts zu sagen so wie der rumläuft kriegen sie ihn immer ich sah alle offenen messer auf ihn gerichtet sah ihn laufen die leere straße entlang wollte ihn nicht retten nicht beschützen nicht kriegen ich wollte bei ihm sein sah seinen rücken eine zielscheibe das traf mich

## *Papierboot*

*für Eva Angela Ulrike Gudrun*

I

Den Flüssen hier glaubt man nicht, daß sie ins Meer wollen.
Der Elbe bei Dresden sieht man den Atlantik nicht an und nicht die Gezeiten.
Hier ist Ebbe, sagt jemand.
Und ein gebogener toter Fisch hängt drüber, fällt unversehens ins Wasser: der Mond. Vier Frauen in Betrachtung.
Die romantischen Bilder blättern ab. Unterm Kleister werden die verworfenen Entwürfe sichtbar, das Gewebe des Grundes. Der goldene Rahmen ist nur scheinbar das Ende der Welt; wir haben ja noch die Tiefe.
Die giftige Schlammschicht am Grund der Flüsse, sagt jemand.
Die nicht ausgeführten Entwürfe, sagt jemand.
Das Gewebe, neu zu bezeichnen, sagt jemand.
Den Mond und das unglaubliche Meer.

## II

Vielleicht ist das eine deutsche Geschichte: je knapper bemessen die Oberfläche, desto grundloser die Tiefe. Wer sich fallen läßt, geht zu Grunde. Im Schlamm, der den Boden verbirgt. Den blutigen Boden deutscher Geschichte. Worauf aber sollen wir bauen und was, zwischen Barock-Konserven Ruinen Beton.

## III

Der ins Wasser gefallene Mond ist ein Boot. Eine leichte Barke, aber Grund genug für die Versicherung, daß auch Sachsen am Meer liegt. Grund genug – habe ich Grund gesagt, können wir auf einem Papierboot bestehen. Papier, das aus halbtoten Wäldern uns zuwächst, dem wir manchmal unser Sterben anvertraun: Nächtebücher, versiegelte Sätze, Briefe, nicht abgeschickt. Bilder ohne Rahmen, Entwürfe ohne Maß, die geheime Zerstörung der Proportionen. Papier voller Irrfahrten und Abenteuer, wenn das Land uns verlassen hat und die Hoffnung uns fahren läßt; Papier auf dem wir zu uns kommen, Papier auf dem wir untergehen, unsere Barke unser gebrechlicher Grund. Sachsen am Meer – Ahoi!

*Abendland*

Die östliche Seite eines Sonnenuntergangs
Licht auf verwitterndem Backstein rosig-
schwarze Wolken aus Fabrikschloten
Fenster voll Blendung der blasse Mond
wird angezündet, die letzten Gaslaternen
des Kaßbergs pfeifen mit dünner Stimme:
Dreh dich nicht um was vergeht
siehst du vor dir der Glanz ist
Abglanz er verdeckt nur das Ende
einer Geschichte die beginnt
wie alle wirklichen Märchen ES WAR
EINMAL wartest du fällt dir
kein Licht mehr in den Rücken.
Wir machen dir einen Schatten
mit dem sich umgehen läßt.

mai 89

# IV

## *ELB*
## *ALB*

I

Die Elbe ist ein Grenzfluss sie fließt
von Südost nach Nordwest und kein Schiff
mit acht Segeln durchkreuzt meinen Traum.

Der Atlas legt mir die Karten hier bleibt
Schicksal Geographie. Ich höre das Knirschen
der Steine den Text der Geschichte.

Manchmal träumt mir von einer Liebe ohne
Hoffnung schöne Aussichtslosigkeit fließend
trennend verbindend wie diese Grenze über-

leben

2

DRESDEN DER KLASSISCHE BLICK auf die Altstadt es fehlt nur ein Turm die Schornsteine sind hinzugekommen Hier hat die Vergangenheit eine Gegenwart sag ich sie schiebt sich unter die Füße daß man ihr nicht entgehen kann Wir laufen tagaus die Elbe entlang Siehst du die Scherben sag ich ein geborstener Himmel unwirklichen Blaus das berühmte Meißener Zwiebelmuster Wege aus zermahlenen Trümmern aufgeschüttet Der Engel auf der Kuppel der Akademie das Jüngste Gericht über der Stadt Mein Engel sagst du nimmst mich in deinen Mantel ein Film läuft rückwärts die Flammen fallen zusammen wir gehn durch die Zeiten hinter der Flußbiegung baut man das Blaue Wunder ab oder auf oder streicht es nur neu Der Himmel der Strom sind kein Ausweg mehr Verseuchte Metaphern die unsre Sehnsüchte zurechtweisen das Wunder ist grau

3

## Dresdner Traum, Neustädter Seite

*für Angela H.*

Auf den Elbwiesen grast ein schwarzes Einhorn,
Vom fahlen Tagmond gehütet, vom Abend bestellt,
Dem Fluß entkommen zur Mittagsstunde,
Wenn ein heiseres Schweigen die Stadt befällt.
Mit Sirenenjauln tut die Zeit sich auf,
Zeigt ihre Innenseite: Anatomie, entstellt.
Wenn die Schaubude schließt, Zeit fort geht
– Eine Zigeunerin übers Wasser, Zukunft entfällt –
Grast auf den Elbwiesen das schwarze Einhorn
Und der Fluß ist die Grenze, alle Brücken zerstört.

Einer winkt mir vom anderen Ufer englische Grüße;
Ich weiß, daß das Blaue Wunder noch trägt
Und renne. Wo Loschwitz sein müßte, ist Hamburg.
Ich finde trotzdem zur Brücke, dort schlägt
Ein Zöllner seinen Paß zu: Bitte warten, Madam.
Und auf den Elbwiesen grast ein schwarzes Einhorn.

Ich verkaufe Schuld, Schulden und Schuldigkeit,
Bekomme viel weiße Farbe dafür, überstreiche
Den Spiegel, die Landkarte und die Nacht;
Und da ich mir selber nicht mehr gleiche,
Trägt mich im mondfahlen Mittagslicht
Das Einhorn. Wohin, weiß ich nicht.

4

## Das Blaue Wunder

Von der Brücke erkennen wir
einander im dunklen Spiegel
des Wassers unter uns fließt
der Himmel über uns

5

## Rondeau Allemagne

Ich harre aus im Land und geh, ihm fremd,
Mit einer Liebe, die mich über Grenzen treibt,
Zwischen den Himmeln. Sehe jeder, wo er bleibt;
Ich harre aus im Land und geh ihm fremd.

Mit einer Liebe, die mich über Grenzen treibt,
Will ich die Übereinkünfte verletzen
Und lachen, reiß ich mir das Herz in Fetzen
Mit jener Liebe, die mich über Grenzen treibt.

Zwischen den Himmeln sehe jeder, wo er bleibt:
Ein blutig Lappen wird gehißt, das Luftschiff fällt.
Kein Land in Sicht; vielleicht ein Seil, das hält
Zwischen den Himmeln. Sehe jeder, wo er bleibt.

6

## Vom Grunde

Wenn ich versinke im stillen Wasser der Tage
ins Atemlose gezogen vom Blei
in den Lungen Schwefel und Rauch
vor den Augen wenn ich sie schließe
im Papiergrab Aktenstaub in allen Taschen
entwertete Fahrscheine wenn die Müdigkeit
größer ist als der Himmel der haltlose Raum
dann liebe ich dich
wie eine letzte Hoffnung
eine Verzweiflung wie das harte Brot
wie die Stummheit der Dinge manchmal
wie ein Gespräch wie das Wortlose
die Worte aus einer fremden Sprache
wie das Meer das ich nicht sehe
wie ein Land
das es nicht gibt

7

## Dresdner Traum, Altstädter Seite

*für Gudrun T.*

Ein Schiff wird kommen: ich steh auf dem Trocknen,
die Verheißung ein Fähnchen in meiner Hand;
ich bin auf dem langen Marsch
durch den Beton der Prager Straße.
Du gehst über Leichen, flüstert es
zu meinen Füßen. Ich weiß
ja auch nicht, ob ich noch lebe,
antwortet der linke kleine Zeh. Seemannsbraut
ist die See, der Fliegende Holländer
mein Bräutigam, Gespenster Gespenster –
Dies ist eine Demonstration und zieht
mich hinaus aufs Meer, ich stolpere
über die Steine der Frauenkirche,
Touristen filmen meinen Fall
ins Wasser, der auf der Brühlschen Terrasse
endet – ein Glück, ich sitze
wieder auf dem Trocknen und schau
auf den schwarzen Fluß und die Weiße Flotte,
mir graut: Das
ist die Liebe der Matrosen? Und dies
Rinnsal soll die Elbe sein? Da klopft
mir jemand auf die Schulter, sagt: Ja

das Meer ist blau so blau und Vorwärts
Freie Deutsche Jugend
noch fünf Minuten bis Buffalo –

8

FISCH WENN DU DAS ÜBERLEBST flüster ihm was
sag ihm ich stehe am Ufer in Dresden allein
auf den Herzsteinen Initialen der Lust zu
Füßen die keinen Weg mehr wissen falte
Schiffchen aus Zeitungspapier und Gedichten
Tinte verschwimmt Denk an das Meer Fisch
das Niemals-Meer du kannst schweigen du mußt
überleben Diesen einen Wunsch nur
verwunschener Fisch am Ende
des Flusses lebt einer
in deinem Zeichen

9

Meine Liebe geht mit den Undinen
die Flüsse hinab redet der Unschuld ein Wort
und der Schuld und der Verstrickung

zerreißt die Netze begräbt Sterbensworte
die Fische und Schwestern die Flüche
wenn das Meer uns die toten Tiere vorwirft

verlassen wir auch das Land das zu sichere
Ufer den Boden die Strömung geht durch
und durch schwärzt den Leib du kommst

nicht davon

# V

*Café Sans · Adieu*

nach dem zweiten mokka macht das herz wieder was
es soll frage ich nicht mehr nach ihm und
morgen nach der unterlassenen nacht

komm ich zu mir und nicht weiter will ich denn
lächeln dieser zwang sich gegen blicke zu
schützen drachenblut gefärbtes haar

fällt ins gesicht das wahre ich
der kellner sagt den preis
ich zahle und geh

Durch den Herbst geh ich rückwärts unverwandt
Den Sommer im Aug Bilder ordne ich mische sie
Seine Hände wünsche ich wieder an meine Schläfen
Sein Gesicht über das meine mir in die Hände
Falln Blätter schwarzfleckige Ahornrot Regen-
Schauer treibt der Wind in den Rücken Komm
Winter mach diesem Jahr ein Ende oder Postfrau
Briefkasten helft mir beim Laufen der Herbst
Ist steinig Schlaglöcher Schnee Frühling
Sind zu überstehen daß ich im Sommer ankomm

*News*

all diese halben lieben im nacken die vergangenheiten und deine hand warm sanft und wirklich wie ein traum die mich nicht beugt die mich nicht würgt die die angst nimmt vor aller hand zukunft wandel und handel im radio tanzt der tod über die kontinente während wir einen neuen erdteil entdecken die geographie unserer leiber voller verborgenheiten eine neue sprache kindlich und fromm nachrichten von uns und auf allen wellenlängen herz und kilohertz eine hymne von liebe und sterben der wetterbericht sagt kälte voraus und katastrophen du versprich mir nichts halbes versprich keine zukunft ich sage dir gegenwart

## *Mein Ernst*

Lach doch: ich bin der Clown
Weißgesicht der Kasper
mit der roten Nase vom Heuln
der pathetische Arlequin
mit dem aufgemalten Herzen
und überhaupt eine Frau
die immerzu über die eigenen
Sehnsüchte stolpert und glaubt
was man ihr verspricht ist das
nicht komisch bitte lach doch
mach nicht son Gesicht
als wäre das jetzt dein Ernst

*Balance: Die Gültigkeit des Gleichen*

die kneipe hieß illusion und das war ein guter anfang. alles geschah fast ohne absicht und brauchte kaum worte wir nahmen uns leicht hin gaben kein versprechen keine namen es war nicht wirklich es ist nicht erinnerung nur sein könnte es ja daß wir diese zeit einmal finden die wir suchten: jetzt

## *Über die Brücke*

> laß mich dir folgen ophelia
> laß mich dein clown sein . . .
> *gudula ziemer*

laß mich deine ophelia sein clown
laß mich treiben wie eine welle
das wasser ist tief und geh ich drauf
ist es ein seil das trägt

wenn du mich erträgst wie ich bin wie ich
nicht bin vielleicht werde ich dann
eine seiltänzerin die seiltänzerin
ophelia bring mich zum lachen liebster
clown häng mir eine schelle ans herz
das kopfsteht und zirkus macht gegen
die dressur so eine winzige schelle
die klingelt bei jedem schritt

mach mich ein bißchen wahnsinnig du
laß mich deine ophelia sein spiel
meinetwegen verrückt aber spiel mir
bloß nicht den hamlet

## *Zwei Stück Heimat*

I

Nimm ein Wort wie SEHNSUCHT in den Mund
Tu als wüßtest du von nichts
Und schlucks runter.
Spiel den Ekel aus die Fadheit wie das Herz-
As ausm Ärmel das Wortaas den Reim auf
Schmerz den keiner mehr hören kann:
Süßer Brei das Töpfchen kocht quillt über.
Schluck deinen Anteil deinen Beitrag
Zur Verminderung des Hungers in der Welt:
HERBEI HERBEI GEKOCHT IST DER BREI.

Aber hier ist Sachsen hier
Wird alles nicht so heiß gegessen
Wies gekocht wird und die Erde ist
Zwar rund – nur: mehr kreisförmig.
Ein Präsentierteller. Worauf wir Sitzen-
Gelassene jedermann sichtbar die Suppe
Auslöffeln einbrocken auslöffeln
Undsoweiter undsofort wie denn fort
Wo denn hin wir sind sofort zu erkennen
An dieser Unart zu sprechen diesem skeptischen
Dialekt diesen Fragezeichen nach allem
Und jedem SEHNSUCHT SAGTEST DU SEHNSUCHT.

II

## Dresdner Aussichten

Als sie mir sagte: Das ist jetzt
Fünf Jahre her manchmal heul ich noch,
Hatte ich wieder eine Zukunft. Eine Liebe
Die mit dem Ende beginnt hoffnungslos nicht mehr
Zu enttäuschen zu erwidern am meisten
Liebt man die einen beizeiten verlassen.
So traurig war das wir lächelten
Mit Blick auf die Elbe am anderen Ufer
Das Große Gehege Möwen im Sturzflug und
Es stank nach Schlachthof bis Mickten: Leben

Und Sterbenlassen dort drüben wurde der Weg
Allen Fleisches planiert wir gingen nicht
Da entlang und es war ja auch nichts
Zu hören außer den Schreien der Möwen
Hoch oben weit weg die einzigen Tiere
Die wir zu sehen bekamen und zu hören
Die schrien und schrien und schrien.

In der Elbe sagte sie soll es Fische geben.

## Anfang III

Von Mund zu Mund vertiefen wir das Schweigen.
Die Hände streun Vergessen auf die Haut
wie Staub. So werden langsam wir vertraut
dem Abschied. Daß wir es nicht zeigen.

Daß wir noch lachen. Daß wir uns berühren
wie damals. Fast. Der Aufruhr ist vorbei.
Einmal war Gegenwart. Was war das: frei?
Woher die Furcht, einander zu verlieren.

Wir sagen das nicht mehr: Ich liebe dich.
Die Zukunft hat uns eingeholt, die Zeit.
Wir teilen eine Art von Einsamkeit,
wir fallen auseinander: du und ich.

Und halten uns. Und halten uns bereit.

## *Rapunzel Rapunzel*

Setz die Brille ab heul dich aus
laß die Schminke fließen es hilft
nicht aber befreit wovon Rapunzel
in Rotz und Wasser ersäuft die Welt
mußt du nicht mehr sehen was ist
willst nicht den alten Zopf abschneiden
im Märchen zieht man die andren dran hoch
zerrt man sich selbst aus dem Sumpf
heißt das Lüge wird bestraft so
ist das Leben Rapunzel das Sicherste
ist ein Turm ohne Tür.

August 1989

## *Niemandsufer. Ein Bericht*

*für Gábor und Kristín*

Dresden, den 4. September 1989

Der Untergang der Sonne war sehenswert in langen schwarzen Staubmänteln gingen wir auf dem Grund des Flusses Angelas schwarze Haare wehten in mein Rot ich beschrieb der Malerin ein Bild in dem wir uns auch bewegten es hieß Déjà vu im dunkelgrauen Sand klapperten lackschwarze Pumps auf Kieseln den Rhythmus unserer Schritte leicht von Angst vorm Einsturz dieses Bodens Sand Steine Schlamm nichts als Schein das schwärzere Wasser drohend nah und sicher der Styx unter uns DAS WAR DIE ELBE freigelegt in Wochen ohne Regen enthäutet der Grund gewaltsam die Einsicht WIR GEHEN DRAUF und unter die Brücke und in die Nacht wir unterscheiden uns nicht mehr es ist Finsternis aus dem toten Wasser leuchten uns Semperoper und Hofkirche entgegen Hotel Bellevue zur Linken Musik es könnte ein Walzer sein DONAUSOBLAU wir sprechen vom Ende einer Liebe vom Ende der Welt gehen in lange schwarze Flügel gehüllt im Niemandsland zwischen Fluß und Ufer ES IST FINSTERNIS wie tot sind wir schon wie können wir noch leben WIR UNTERSCHEIDEN UNS NICHT MEHR von der Dunkelheit Möwen schreiende weiße Vögel stürzen sich auf uns fliegen durch uns hindurch verstummen in der Niemandszeit im Niemandsraum hocken am Niemandsufer im Traum sehen wir gehen zwei schwarze Engel mit noch immer vor Schönheit brennenden Augen.

## *Hotel Vörös Csillag*

vergiß dich nicht
zu erinnern wir hatten
vier jahreszeiten
zwei vergangenheiten
und fast eine zukunft
ein paar tage mehr
als man verlangen kann
das paradies engel
und heilige gierige
unschuld hände voll
licht und briefe
voller gegenwart
vielleicht am ende zuviel
hoffnung aber die worte
das ende zu sagen

## *Meer in Sicht*

*für Endre Kukorelly*

Wenn sie in allen Obst- und Gemüseläden
der Szondy utca (ob mit i oder ypsilon)
plötzlich Frutti di mare verkauften
zwischen Großem Ring und Stadtwäldchen
ein Segelboot aufkreuzte buntbeflaggt
und nicht nur die Donau
die Nord-Süd-Metro
und der 7. Bezirk
so schön blau wären auf dem Stadtplan

– es ist ja nur die Versuchung der Liebe
zu Orten, sie sich ans Meer zu wünschen
die sonderbare Gewohnheit der Böhmen
mit Ahoi zu grüßen
und ein Gedicht.

2. 1. 90

## *Erläuterungen*

S. 13 Kálvin tér
Kalvinplatz, Budapester Metrostation mit verwirrend vielen Ausgängen, unweit der Freiheitsbrücke

S. 43 Fabels Schachbrett
siehe Novalis, »Heinrich von Ofterdingen«

S. 47 Muckefuck
sächsisch: Malzkaffee

S. 49 Gagarin
»Eigentlich wollten wir doch alle Kosmonauten werden.«
Holger Jackisch, Jahrg. 59

S. 55 Kaßberg
Chemnitzer Bürgerviertel, erbaut um 1900

S. 62 Blaues Wunder
Loschwitzer Brücke, als einzige der Dresdner Elbbrücken 1945 vor der Zerstörung bewahrt

S. 66 Vorwärts Freie Deutsche Jugend
»... der Partei unser Vertraun!
An der Seite der Genossen
wolln wir heut das Morgen baun!«

S. 67 Herzsteine
Elbuferweg, in dessen Steine mehrere Generationen Dresdner ihre Monogramme und Zeichen ritzten

S. 83 Szondy utca
Szondi-Straße, bedeutende Nebenstraße im Budapester VI. Bezirk, Magistrale der Gemüsehändler und orthographischen Anarchisten

*Inhalt*

## Lyrik
## in der edition suhrkamp
## Eine Auswahl

**Anna Altschuk.** schwebe zu stand. Gedichte. es 2610. 167 Seiten

**Ann Cotten.** Verbannt! Versepos. es-Sonderdruck. 168 Seiten

**Bettina Erasmy.** Wärmefaktor. Gedichte. es 2618. 84 Seiten

**Valzhyna Mort**
- Tränenfabrik. Gedichte. Übersetzt von Katharina Narbutovič. es 2580. 86 Seiten
- Kreuzwort. Gedichte. Übersetzt von Uljana Wolf und Katharina Narbutovič. es 2663. 109 Seiten

**José F. A. Oliver.** fahrtenschreiber. Gedichte. es 2604. 135 Seiten

**Meret Oppenheim.** Husch, husch, der schönste Vokal entleert sich. es 2703. 215 Seiten

**Kerstin Preiwuß.** Rede. Gedichte. es 2648. 87 Seiten

**Kate Tempest**
- Hold Your Own. Gedichte. Übersetzt von Johanna Wange. es 2706. 200 Seiten
- Brand New Ancients / Brandneue Klassiker. Lyrik. Übersetzt von Johanna Wange. es 2733. 112 Seiten

**Serhij Zhadan.** Warum ich nicht im Netz bin. Gedichte und Prosa aus dem Krieg. es-Sonderdruck. 180 Seiten

NF 1095/1/10.17

## Gegenwartsliteratur in der edition suhrkamp Eine Auswahl

**Bernd Cailloux.** Der gelernte Berliner. Sieben neue Lektionen. es 2563. 251 Seiten

**Ann Cotten.** Verbannt! Versepos. es-Sonderdruck. 168 Seiten

**J. D. Daniels.** Die Korrespondenz. Übersetzt von Frank Jakubzik. es 2713. 121 Seiten

**Andrej Gelassimow.** Durst. es 2624. 115 Seiten

**Mark Greif.** Bluescreen. Essays. es 2629. 231 Seiten

**Durs Grünbein.** Die Bars von Atlantis. Eine Erkundung in vierzehn Tauchgängen. es 2598. 60 Seiten

**Frank Jakubzik.** In der mittleren Ebene. Erzählungen aus den kapitalistischen Jahren. es 2707. 160 Seiten

**Thomas Kapielski**
- Mischwald. es 2597. 347 Seiten
- Neue Sezessionistische Heizkörperverkleidungen. es 2680. 214 Seiten
- Je dickens, destojewski! Ein Volumenroman. es 2694. 458 Seiten
- Leuchten. A- und So-phorismen. es 2738. 160 Seiten

**Natalja Kljutscharjowa.** Dummendorf. Übersetzt von Ganna-Maria Braungardt. es 2640. 140 Seiten

NF 1094/1/10.17

**Christiane Körner (Hg.).** Das schönste Proletariat der Welt. Junge Erzähler aus Russland. es 2637. 210 Seiten

**Detlef Kuhlbrodt**
- Morgens leicht, später laut. Singles. es 2517. 124 Seiten
- Umsonst und draußen. es 2584. 199 Seiten

**Thomas Meinecke.** Ich als Text. Frankfurter Poetikvorlesungen. es 2651. 349 Seiten

**Herta Müller.** Lebensangst und Worthunger. es 2620. 53 Seiten

***n+1*-Research (Hg.).** Ein Schritt weiter. Die *n+1*-Anthologie. es 2539. 292 Seiten

**Albert Ostermaier.** Fratzen. Blaue Spiegel. Stücke. es 2587. 155 Seiten

**Carmen Pinilla/Frank Wegner (Hg.).** Verdammter Süden. Das andere Amerika. Übersetzt von Frank Wegner. es-Sonderdruck. 315 Seiten

**Andrzej Stasiuk.** Tagebuch, danach geschrieben. Übersetzt von Olaf Kühl. es 2654. 176 Seiten

**John Jeremiah Sullivan.** Pulphead. Vom Ende Amerikas. Übersetzt von Thomas Pletzinger und Kirsten Riesselmann. es-Sonderdruck. 416 Seiten

**Uwe Tellkamp.** Die Sandwirtschaft. Anmerkungen zu Schrift und Zeit. Leipziger Poetikvorlesung. es-Sonderdruck. 163 Seiten

NF 1094/2/10.17

**Kate Tempest**

- Hold Your Own. Gedichte. Übersetzt von Johanna Wange. es 2706. 200 Seiten
- Brand New Ancients / Brandneue Klassiker. Lyrik. Übersetzt von Johanna Wange. es 2733. 112 Seiten

**Kevin Vennemann.** Sunset Boulevard. Vom Filmen, Bauen und Sterben in Los Angeles. es 2646. 184 Seiten

**Raul Zelik.** Der Eindringling. Roman. es 2658. 288 Seiten

**Serhij Zhadan.** Big Mäc. Geschichten. es 2630. 227 Seiten

NF 1094/3/10.17